황혼의 길목에서
청춘열차를 그리워하다

황혼의 길목에서
청춘열차를 그리워하다

발행일	2018년 1월 31일		
지은이	박 순 자		
펴낸이	손 형 국		
펴낸곳	(주)북랩		
편집인	선일영	편집	권혁신, 오경진, 최승헌, 최예은
디자인	이현수, 김민하, 한수희, 김윤주	제작	박기성, 황동현, 구성우, 정성배
마케팅	김회란, 박진관, 유한호		
출판등록	2004. 12. 1(제2012-000051호)		
주소	서울시 금천구 가산디지털 1로 168, 우림라이온스밸리 B동 B113, 114호		
홈페이지	www.book.co.kr		
전화번호	(02)2026-5777	팩스	(02)2026-5747

ISBN   979-11-5987-983-8 03810(종이책)   979-11-5987-984-5 05810(전자책)

이 도서의 국립중앙도서관 출판예정도서목록(CIP)은 서지정보유통지원시스템 홈페이지(http://seoji.nl.go.kr)와
국가자료공동목록시스템(http://www.nl.go.kr/kolisnet)에서 이용하실 수 있습니다.
(CIP제어번호 : CIP2018002755)

황혼의 길목에서

청춘열차를 그리워하다

박순자 시집

북랩 book Lab

목 차

청춘열차 • 8

세월 I • 9

할머니 • 10

잠 • 11

어느 세월에 • 12

햇빛 • 13

늦게 가는 마음 • 14

나이를 먹고 보니 • 15

세월 II • 16

운동 • 17

우리 아들 • 18

계절 • 19

봄 • 20

별당 • 21

손녀의 아침 • 22

들꽃 • 23

별당으로 가는 길 • 24

꽃비 • 26

겨울 • 27

28 • 바람 부는 날

29 • 비 오는 날

30 • 봄나물

31 • 머물고 싶은 마음 두고

32 • 변덕스러운 날씨

33 • 무거운 봄

34 • 당신은 누구

35 • 금요일

36 • 거울 속 여자

37 • 이렇게 살고 싶다

38 • 나이

39 • 열차여행

40 • 건망증

42 • 가족들과 나들이

43 • 러닝머신

44 • 돌탑

45 • 보리암 올라가니

46 • 복을 사 온 날

48 • 아들아

내 사랑 • 49

여자 • 50

늦가을 • 51

묶여진 두 쪽 • 52

가을 Ⅰ • 53

늦게 본 봄 • 54

해바라기 • 55

어미의 눈물 • 56

나의 별장 • 58

추운 날 • 59

시 감투 • 60

타고 남은 잿더미 • 61

기다리는 봄 • 62

세월아 • 63

청춘 • 64

갈 때는 • 65

안개 속 • 66

너와 나 • 67

나의 3단 인생서랍 • 68

69 • 빠른 세월

70 • 기억

72 • 외로우면

73 • 벚꽃나무 Ⅰ

74 • 단풍 Ⅰ

75 • 구례 장날

76 • 어느 영감의 희망사항

78 • 가을 Ⅱ

79 • 병실

80 • 몸과 마음

81 • 모난 돌

82 • 우리 엄마

84 • 홀로 가는 길

86 • 내 동생

87 • 편안함

88 • 잠 안 오는 밤

89 • 한가한 봄날

90 • 벚꽃나무 Ⅱ

91 • 꽃샘추위

사진전 • 92

여행 • 93

단풍 II • 94

현대인의 병 • 95

청춘아 • 96

낙엽 I • 97

공원 • 98

12월 • 99

성장 클리닉 • 100

안경 없는 거울 • 102

새로운 봄 I • 103

새 봄 • 104

꽃 한 송이 • 105

엄마의 기도 • 106

일요일 • 108

우리 중딩 손녀 • 109

내일은 • 110

설날 • 111

가녀린 고목 • 112

113 • 새로운 봄 II

114 • 어떻게 살까 걱정 말자

115 • 마음의 봄

116 • 봄만 되면

117 • 나의 꽃

118 • 바람 I

119 • 인생길

120 • 반백년의 세월

121 • 짧은 만남

122 • 바람 II

123 • 가을 III

124 • 단풍 III

125 • 가을 IV

126 • 늙음의 반항

128 • 가을은 가는데

129 • 빛 바랜 그림

130 • 날아온 편지

131 • 답장

132 • 병원 가는 날

일요일 점심 • 133

봄바람 Ⅰ • 134

마음 • 135

담장 • 136

한낮의 꿈 • 137

달빛 • 138

인생의 봄 • 139

석양 • 140

후회 • 142

못 다한 사랑 • 143

원망의 화살 • 144

내 인생 • 146

가지고 싶은 • 147

봄바람 Ⅱ • 148

안타까움 • 149

고운 사랑 • 150

황혼의 속삭임 • 151

메아리 • 152

거미줄 • 153

154 • 꿈

155 • 짧은 인생

156 • 욕심

157 • 뿌리 있는 나무

158 • 봄비

159 • 향기

160 • 그 곳에

161 • 고장 난 수도꼭지

162 • 황혼의 길목에 서면

163 • 며칠 밤

164 • 애달픈 사랑

165 • 때 늦은 봄

166 • 달리기만 하는데

167 • 너와 나의 3년

168 • 설레임

청춘열차

인생열차 몸을 싣고
열심히 숨 가쁘게
앞만 보고 달리느라

봄을 볼 겨를 없이
꽃도 필 겨를 없이
정신없이 오다 보니
어느새 70번째

놓쳐버린 봄을 찾아
청춘열차 찾고 있다

세월 |

젊어서는 힘들어서
느릿느릿 가더니

중년 되니 바쁘다고
성큼성큼 가고

나이 드니 할 일 없이
달리고 있네

할머니

할머니 처음 들을 땐
어색하고 민망하더니
어느새 익숙해져
상 할머니 돼버렸나

버스에 올라타니
자리 양보해 주네
고마워 앉으면서도
쓸쓸해지는 이 마음

황혼의 길목에서

잠

젊어서 일 많을 땐 쫓아내도 오던 잠이
늙어서 일 없으니 어디로 가버렸나
남은 세월 작다고 잠까지 아껴오나

이 밤이 새려면 아직도 멀었는데
편안히 누워도 올 생각을 아니 하네

어느 세월에

고목에도 꽃 필 날이 있다 하지만
그 날이 언제일지 알 수도 없고
짧은 생 기다려 줄 세월도 없다

햇빛

점순이 됐다는 손녀 말을 들은 지
몇 년이나 지났는지 셀 수도 없는데
돋보기 안 쓴 탓에 익숙하지 못하고
오늘도 부채로 얼굴을 가린다
새삼스레 가려본들
점순이가 백순이 되겠냐고

- 여름 어느 날에 -

늦게 가는 마음

가을이 오는 건가 나보다 먼저
공원에 나무들이 가을을 탄다
빨갛게 노랗게 손톱에 물들이고
한 잎 한 잎 떨구며 수를 놓는다
햇살은 아직도 따갑기만 한데

나이를 먹고 보니

무식이 용기요

백발은 무기요

돈이 힘이라

세상 어디 나서본들

무서울 건 없다만은

속빈 강정마냥 허전함은 왜일까

소통할 친구 찾아

텅 빈 속을 채워볼까

남은 세월 알차게 아껴가며 살을래나

세월 II

힘들고 어려울 땐 빨리 가길 바랐었고
살기 바빠 허덕일 땐 가는 줄도 몰랐었네
내 할 일 다 했나 허리 펴고 둘러보니
어느새 이내 몸 반백이 되어 있네

백발도 탓 없으니 쉬어가도 좋으련만
무심한 강물 따라 쉬임 없이 흘러가니
이 세상 좋았던가 생각조차 할 게 없네

운동

율하리 강변길로 부지런히 오고 가고
저 멀리 그 곳에서 누가 빨리 오란 듯이
제각각이 복면 쓰고 한눈도 팔지 않고
건강 찾아 젊음 찾아 씩씩하게 잘도 간다
그 틈에 합세하여 열심히 걸어보자
앞서가는 마음 따라 이 몸도 부지런히

우리 아들

홀쭉하던 우리 아들 살찌기를 바랐는데
어느샌가 도가 넘어 뚱사장이 되어있네
늘어가는 뱃살 따라 내 근심도 늘어간다
운동해라 성화해도 생각에만 쌓아놓고
나뒹구는 저 몸뚱이 미련탱이 곰탱이

계절

여름이면 덥다고 빨리 가라 쫓았고
겨울이면 춥다고 얼른 가라 떠밀었다
봄 가을만 언제까지 친구하며 살잿더니
더위와 추위 등에 세월까지 업고 가버렸네

아까워라 무심해라
하는 일 없이
세월만 재촉하고 있었구나

가지 마라 다시 오라 목 돋우며 불러보니
가버린 세월이 손 흔들며 하는 말
남아 있는 세월이나 아껴가며 살라 하네

봄

율하리 강 언덕에 봄 맞으러 나왔네
따뜻한 햇살 등에 업고 옹기 종기 모여서
봄을 캐러 나왔네 쑥을 캐러 나왔네
새 봄이 반가워서 추억이 생각나서
그 옛날 할머니가 만들어 준 개떡도 생각나고
엄마가 끓여주던 쑥국도 생각나서
한 움큼 캐다가 쑥국을 끓이면
오늘 저녁 집안에도 봄 향기 퍼지겠지

별당

지리산 골짜기 작은 마을에
집 하나 방 하나 나의 쉼터 있다네
온갖 산새 찾아와 아침인사 나누는
마당 앞에 소나무 푸르르게 서 있고
하아얀 배꽃이 함빡 웃음 웃는 집

연산홍 줄지어 붉게 물들이면
색색가지 꽃들도 때맞추어 춤추고
병풍처럼 둘러선 푸른 산들은
파아란 하늘을 머리에다 이고서
두 손으로 살랑살랑 봄바람을 일으키며
나비야 오너라, 벌들아 오너라
우리 같이 노올자 꽃과 같이 놀자 하네
평화로운 이곳을 나는 별당이라 부른다오

손녀의 아침

학교 가는 아침이면 늦잠이 많아

밥상 놓는 소리 듣고 꼼지락 꼼지락

시계 보고 욕실가면 고양이 세수

아침 한술 뜨고 나면 먹는 약도 많아

옷 갈아입는 것도 잠자리가 아쉬워

누워서 뒹굴뒹굴 뱀허물 벗듯 하고

짹각짹각 시계소리 머리 빗으며

눈 하나는 시계 보고 또 하나는 책 보고

시계바늘 잡지 못해 가방을 메고

엄마 따라 동동걸음 학교로 간다

들꽃

잔디 위에 피어난 이름 모를 작은 들꽃
앙증맞은 얼굴에 화사한 미소로
오고 가는 눈길 잡고 봄 소식을 알리네
오늘같이 따스한 봄날
반가운 벗을 만난 듯이 가던 발길 멈추고
매서운 겨울을 어떻게 보냈냐고
따뜻한 봄이 올 줄 미리 알고 있었냐고
잔디 위에 앉아서 찬찬히 들여다보며
소곤소곤 봄 이야기 나눠볼까

별당으로 가는 길

혼자가 아니라고
바람이 나에게 속삭인다
배낭 메고 오르는 길
가을 산이 나를 반기네
햇살이 얇아졌다고
나뭇잎들은 붉은 색을 더하고
감나무도 뒤질세라
붉은 색 덧씌우기 바쁘구나
가파른 언덕길 오르기 힘들다고
가을 바람이 나와 함께 동행한다
아~ 시 원 하 다
맑고 시원한 이 공기
흔한 것이 아니지
나를 기다리던 남은 밤송이
잔디 위에서 뒹굴고

감들은 나를 기다리느라

목이 쑤-욱 빠진 채

얼굴을 붉히네

몇 개 안 달린 대추는

탱탱한 얼굴 보지도 못했는데

어느새 늙었나

쪼글쪼글 할매 얼굴 하고서

대롱대롱 매달려 있다

내가 게을러서 너무 늦게 왔구나

하는 일 없이 바쁜 척 하느라

짬 낼 틈이 없었네

이렇게 공기 좋고 평화로운 이 곳을 두고

뭐가 그리 바쁘다고

한 번 가면 오기가 힘들었을까

하루 이틀 왔다 가도 될 것을

다음엔 자주 와야지

또 다짐해 본다

꽃비

하얀 벚꽃 길에 꽃비가 내린다

활짝 웃는 얼굴에 요염한 자태까지

오고 가는 발길에 황홀감을 주더니

살랑 살랑 불어오는 봄바람을 못 이기고

나비 같이 하늘하늘 바람에 날려가네

길 위에도 잔디 위에도 하얀 꽃잎을

한 잎 한 잎 점점이 붙여 놓고서

파아란 옷으로 갈아입겠지

겨울

따뜻한 봄날이 내게도 있었을까
뜨겁던 여름날 길게도 보냈더니
쓸쓸한 가을이 기다리고 있었구나
낙엽 가지 다 버리고
앙상한 몸이
거친 추위 맞서느라 마음까지 얼었다

나도 몰래 가버린
아득한 봄날이여
새로운 모습으로 다시 한 번 온다면
마른가지 물 올리고
활짝 꽃도 피우리
애틋한 눈빛으로 나를 감싸 준다면
한없는 행복에 이 몸을 녹이리

- 어느 봄날에 -

바람 부는 날

마스크 하고 운동하러 나왔다
논둑길을 걸으니 바람에 휘청 한다
"인정머리 없는 영감쟁이
마누라야 날려 가든가 말든가
자기만 살겠다고 잘도 걸어간다"
영감 뒤에 따라가며 혼잣말로 해 본다
뒤돌아보며 "뭐라고 말했노?"
하고 묻는다
귀 어두운 줄 알았더니 그 말은 들렸나
"응, 걸어가다가 내가 안 보이면 바람에
날려간 줄 알라고" 큰소리로 말했다
"쳇 젠장--" 옆으로 와서 같이 걷는다
그래도 내가 없으면 안 좋은가 보지

비 오는 날

하필이면 오늘 왜 비는 이리 오는가
흔들리는 버스 갈아타 가며
영감이 있는 집에 가야 되는데
닷새는 딸네 집, 이틀은 내 집으로
여기에도 저기에도 정 붙일 곳 없어라
반가운 이 없어도 내 집이니 가야 되고
취미라도 있으면 즐겁게 살려나
배운 게 없으니 아는 것도 없고
친구도 없으니 놀러갈 곳도 없고
무엇을 취미 삼아 어디에다 정 붙일꼬

봄나물

하루 이틀 미루다가 오늘에야 올라온다
별당에 오는 길이 왜 이리 멀고먼가
시골 버스 기다리기 서울보다 더 멀어라
배꽃은 야속타 떨어지고 하나 없고
두릅도 취나물도 늦었다 나무란다

미안한 마음 접어두고 그래도 꺾어 보자
으~음 맛있는 이 냄새,
자연의 향기로다
값비싼 향수보다 더 진한 이 향기
어디 가서 이런 향기
쉽게 맛볼 수 있겠는가
하룻밤 묵으면서 찍어먹고 무쳐먹고
일 년을 보낸 만큼 마음껏 즐겨보자

머물고 싶은 마음 두고

두릅나물 뜯어서 배낭에 메고
활짝 핀 연산홍 뒤에 두고
별당에서 내려간다
좋아하는 사람들과 같이 나눠 먹으면
그 맛은 몇 배로 맛있고 좋으련만
딸네 집으로 가야되니 나눠 먹기도 멀구나
딸은 아직 젊어서 그 맛을 모른다
이렇게 귀하고 좋은 맛을

봄에는 별당 와서 나물 뜯는 재미 보며
꽃 보며 가꾸며 평화롭게 살랬더니
봄이 되니 바쁘다고 오기조차 쉽지 않고
하는 일 없이 사는 몸이 뭐가 그리 바쁜지
곱게 핀 언산홍 마음에 담고
파릇 파릇 물들이는 산을 바라보면서
내려가는 발걸음이 뒤가 돌아 보인다

변덕스러운 날씨

하루가 다르게 꽃망울 터트리며
하이얀 벚꽃 길을 만들고 있는데
날씨가 왜 이리 심술을 부리나
비 왔다 추웠다 바람까지 불어대니
못다 핀 꽃망울 망설이게 하고
새 잎을 틔우려던 벌거숭이 나무들
봄인가 겨울인가 헷갈리게 하네

- 바람 부는 봄날 -

황혼의 길목에서

무거운 봄

따뜻한 봄이 되니 내 몸이 먼저 알고
나른하게 봄 타느라 입맛은 떨어지고
운동하러 나왔다만 다리는 천근 만근

벤치에 앉아보니
활기차게 걸어가는 젊은이들 부러워라
나도 언제 저럴 때가 있었던가 없었던가
가만히 누우면 꺼져 버릴 것 같은 이 몸은
이 봄이 지나서야 가벼워지려는가

- 나른한 봄날 -

당신은 누구

같이 놀고 싶으면 친구가 되고
남편이 되고프면 혼자서 놀으시오
격이 없는 친구는 환영하지만
큰 소리로 억누르는 남편은
사양하겠소

황혼의 길목에서

금요일

멀쩡하던 날씨가 왜
집에 돌아갈 때만 되면 심술을 부리나
비가 왔다 눈이 왔다 또 비가 오고
처적처적 하루 종일 쓰린 속과 같아라
들어줄 귀도 없는 설렁한 공간
숟가락 두 개 놓여 있는 투명한 집에
눈 온다고 비 온다고 안 갈 수도 없는데

거울 속 여자

거울 앞에 서있는 낯익은 사람
바짝 마른 얼굴에 희끗한 머리
빛 없는 터널에 젊음을 묻고
황혼의 들녘에서 길을 잃었다
초점 없는 눈으로 한줄기 빛을 찾아
지친 몸 일으켜
오늘도 정신을 깨운다

황혼의 길목에서

이렇게 살고 싶다

넓은 정원이 한눈에 보이는 거실에 앉아
도란도란 즐거운 이야기 나누며 살고 싶다
감미로운 음악을 들으며 이따금 한 모금씩
향기로운 커피도 마시고

아름다운 꽃을 내다보며 평화롭게 살고 싶다
가끔은 영혼이 아름다운 사람을 만나
세상 살아가는 이야기 나누며
따뜻한 차 한잔에 사르르 녹아들고 싶다

나이

꽃잎이 떨어지네 여름이 떨어지네
더울 땐 힘들어도 꽃잎은 좋았는데
고운 단풍도 좋다마는
나에게 덧붙이지는 말아다오

힘들어도 포개고, 수월해도 포개더니
검은 색 바래어서 흰색머리 만들었네
또다시 봄이 오고 여름도 오겠지만
이 몸의 봄은 다시 오기 멀어지고
찬바람만 불어오면 서러워서 어찌 살꼬

아늑한 방을 찾아 아궁이 불 지피면
꿈속에선 이 몸도 봄이 한창일 테지

열차여행

단풍잎 손짓하는 가을이 왔다네
얇아진 햇살은 어깨도 가벼운데
바쁜 일손 접어두고 굽은 허리 일으키고
우리 형제 모두 모여 어디론가 떠나보자

관광회사 인연되어 발이 되고 배가 되니
섬도 좋고 산도 좋고 가을 여행 떠나보자

더위에 지친 몸 가을 바람에 다 날리고
눈으로 만끽하고 입으로 즐겨보고
한마음 가득 가득 가을을 담아보자

차곡차곡 꾹꾹 아무리 담아도
마음은 기벼워라 발걸음도 가볍다네

건망증

한가한 시간

도서관에 들러 시집 두 권 빌렸다

햇볕 드는 창가에 돋보기 쓰고 앉았다

책 속에는 공감이 가는 글도 있고

재미있게 쓴 글도 있어

나도 모르게 피식 웃음이 나오기도 한다

참 잘도 쓴다

어쩌면 이렇게 어렵지도 않게

술 술 잘도 썼을까

책을 덮고 멍하니 하늘을 보니

심심하던 구름 한 조각 천천히 산으로 간다

그런데 내가 무슨 글을 읽고 피식 웃음이

나왔는지 생각이 안 난다

오전 내내 읽은 글이

한 구절도 생각나는 게 없다
웃은 건 기억하면서
왜 글은 기억이 안 나는 건가

다시 책을 펴니
금방 빌려온 새 책 같다
읽고 덮으면 잊어버리고 또 읽어보고
아 그랬지 하고 덮으면 또 잊어버린다
머리도 나쁘고 정신도 없다
내 정신도 구름 따라 산으로 갔는지
건망증이 심해 돌아올 줄도 모른다

껍데기만 남은 몸이
온종일 글과 눈 맞추며 책과 비비적거려도
남아 있는 건 하나도 없다

이 정신으로 용케도 오늘날까지
살고 있다

가족들과 나들이

그늘 찾아다닌 지가 며칠 전인데
오늘은 햇볕 따라 나들이 간다
따스해서 좋아라 해양공원 구경하고
돌아오는 길에 맛난 거 사먹고
어느새 어두운 밤이 되었네
배부른 내 눈엔 잠이 소-올-솔
즐거웠던 하루가 빙그레 미소로

황혼의 길목에서

러닝머신

딸이 걸으면
건강해지는 소리가 들리고

아들이 걸으면
뱃살 빠지는 소리가 들린다

손녀가 걸으면
키 크는 소리가 들리고

나이 든 내가 걸으면
타임머신 타고
젊음으로 가는 소리가 들린다

돌탑

보리암 올라가는 돌담 위에다
작은 돌 하나씩 탑을 쌓았네
누군가가 소원 빌며 쌓은 돌탑들

나도 하나 집어서 소원 빌며 올렸지
우리 손녀 쑥쑥 키 잘 크게 해달라고

또 하나 집어서 기도하며 올렸다네
내 자식들 건강하고 이쁘게 살라고

마지막 한 개 더 올리며 간절히 빌었네
배려와 자상함은 귀담아듣는 거부터라고
우리 영감에게 가르쳐 주시기를

보리암 올라가니

눈 아래 보이는 평화로운 세상

파랗게 노랗게

누가 저렇게도 이쁘게 그려 놓았을까

몽골몽골 피어나는 구름꽃 같은 산

사알짝 손만 대도 자국 남을 크림 같기도

사르르 녹아버릴 솜사탕 같기도

몽실몽실 포근한 엄마 가슴 같기도

두 팔 벌려 뛰어가 안기고 싶어라

그 속에 코를 묻고 꿈꾸고 싶어라

가슴까지 짜릿한 사랑의 꿈을

복을 사 온 날

아들하고 딸하고 세 명이 뭉쳤다
한 해 신수 보러 철학관으로 출발~

처음 가보는 우리 아들
만사가 형통하고 부자로 살겠다는 말에
좋아서 싱글 벙글 입이 귀에 걸렸다

딸은 원하는 곳으로 이동하고
사위는 진급도 하겠다는 말에
좋아라고 하하하 손뼉을 친다

골머리 앓던 내 문제도 올해는 싸-악
해결이 된다니 근심이 사라지고

안 좋은 말은 흘려듣고 좋은 말만 기억하는

우리 3인방

손등 세 개 포개 잡고 짠- 화이팅~

건강하게 잘 살자~ 부자로~

오만 원에 복을 가득 안고 돌아오는 즐거운 하루

아들아

힘들게 일한다 하면 몸 상할까 애쓰이고
일 없어 편하다 하면 배 나올까 걱정된다
만삭이 된 그 배를 언제까지 안고 살래
옷 속에 감춘다고 나온 배가 어딜 가나
나온 만큼 더 걸어라 감춘만큼 더 뛰어라

아빠 곰 되었어도 내 눈에는 아기 곰
네 건강을 지켜다오 엄마를 생각하고
네 건강이 내 건강인 나의 분신
우리 아들

내 사랑

착한 내 딸
천사보다 더 착한 내 딸
엄마의 못난 푸념
싫은 내색 한 번 없이 다 들어주고
언제나 엄마를 위로 해주고 친구가 되어주는
고마운 내 딸

네가 없었으면
내가 여태 살 수나 있었을까 몰라
누구에게든 큰소리로 자랑하고 싶다
내 딸보다 더 착한 사람 있으면
나와 보라고
사랑한다 내 딸
언제까지나 서로를 위해 건강하게 살자
너의 건강이 바로
엄마의 건강이란 걸 잊지 말고

여자

누구에게서도 애정의 눈빛 받아보지 못하고
어디서도 사랑의 속삭임 들어본 적도 없이
계절에 맞춰 사느라 숨죽이며 흘려 보낸
허망한 세월

내 나이 환갑도 한참 넘은 지금
돋보기 쓰고 거울 앞에 앉으니
주근깨투성이 까만 얼굴이
몹시도 실망스러운 것은
아직도 내 속엔 여자가 숨어 있었던가

늦가을

앞 다투며 옷을 벗는 저 나무들은
새 봄을 기다리며 잠 잘 채비하는데
나는 무엇을 기다리며 이 밤을 청해볼까
자고 나면 새 옷 입고 또 한철 뽐내고
해마다 피고 지고 새롭게 사는데
생기 없이 피운 꽃도 한 번 지면 끝이라니
부럽다 나무야
네가 정말 부러워

묶여진 두 쪽

두 마음이 합쳐 하나가 된다면
세상살이 힘들지도 외롭지도 않을 텐데
한 곳을 보면서도 마음은 제각각
너도 가고 나도 가고, 따로 갈 수 없다면
두 마음이 하나 되길 노력해야 되거늘
비뚤어진 너의 마음 바로 펴기 어렵고
멀리 간 이 마음 돌아오기 멀구나
바람 따라 세월 따라 묵묵히 가다 보면
두 마음이 하나가 되기도 할까

가을 1

노란 잎을 떨구는 저 은행나무도
한때는 푸르르던 젊은 시절 있었건만
초록으로 못다 한 말 쌓이고 쌓여
구린내 풍기는 결정체를 떨구고도
한 잎 두 잎 바람 따라 힘없이 떨어져
온통 노랗게 몸부림을 치는데
생각 없는 발걸음이 밟고 또 밟으며 간다

늦게 본 봄

마음이 추워서 문 닫고 있었더니
계절은 나 모르게 봄을 맞고 있었네
개나리 친구해서 벚꽃은 만발한데
마음이 빠져나가 꽃 핀 것도 안 보였네

울긋불긋 봄꽃놀이 즐겁게들 다니는데
그 속에 섞여보면 이 봄이 느껴질까
달아난 마음 찾아질까 걸어보다 서성이다
하얀 벚꽃 바라보며 휘적휘적 걸어본다

황혼의 길목에서

해바라기

해가 웃으면 같이 웃고

해가 울면 같이 울고

오로지 해만 바라보고 사는

해바라기 삶

바람 불면 흔들리고

비가 오면 비를 맞고

가는 목을 수그린 채 힘없이 서 있는

해가 웃기를 기다리며

차마 부러질 수도 없는

자식을 바라보며 울고 웃는

어미와 같아라

어미의 눈물

세상 물정 모르는 우물 안 개구리
다른 세상 살라며 밖으로 내보낸다
낯선 곳에 나와 보니 없는 것도 많아라
정도 없고 밥도 없고 언덕도 없더라
이곳 세상 삭막한 줄 누구도 몰랐겠지

두려움과 외로움 속에 새끼들은 태어나고
새끼들 키우느라 거친 풍파 막아가며
내 살을 떼 먹인들 아픔이 있었으랴

번개와 소나기도 이 몸으로 받아내고
그늘질라 배곯을라 밝은 곳만 찾느라고
자식들 목마른 건 알지도 못한 어미
무지한 어미를 원망 한 번 안 해보고
한 해 두 해 말없이 세월이 키운 자식

어느새 장성하여 어미보다 더 큰 자식

작아진 어미를 큰 품으로 안아 주네

기쁨의 눈물인지 회한의 눈물인지

소리 없는 눈물이 강이 되어 흐르네

나의 별장

지리산 숲속에 작은 집 하나
벌 나비 친구하며 한가로이 노닐던
별당이라 이름 지은 평화로운 나의 집
맑은 공기 맑은 물 한눈에 반했었지
신선도 머물다 갈 평화로운 나의 별당
커가는 나무 보며 꿈도 같이 키우고
피는 꽃을 바라보면 행복도 피었지

오무린 손바닥에 모래성을 쌓았던가
손을 펴니 스르르 흘러내리는 나의 성
허전함만 남기고 꿈인 듯 흘러갔네

- 별장을 팔고 -

추운 날

알몸으로 서 있는 저 나무들은
봄에는 초록으로 푸른 꿈을 주었고
여름엔 풍성한 그늘도 주었지
가을엔 단풍으로 고운 추억 남기고
하나 둘 옷 벗어도 아쉬움도 없이
발가벗은 몸으로도 당당하게 서 있는데

겹겹이 껴입고도 움츠리는 이 몸은
무엇 하나 해준 것도 남길 것도 없어
텅 빈 가슴 서러워 더욱 추워지는가

시 감투

테두리를 벗어나면 똑같은 사람들
형 되고 아우 되고 친구도 되고
오래된 굴레라고 벗지를 못하면
겉도는 대화에 영혼 없는 웃음
가까이 하기엔 멀리 있는 마음들
담장 안에 모여 사는 별난 감투들

타고 남은 잿더미

불씨를 덮으려고 누르며 애쓰는데
가볍게 뭉개려고 불씨를 걷어차네
누르고 있던 불씨가 화산 되어 폭발한다
조용할 때 고마운 줄 알고 감사해야지
건드리고 폭발해야 뜨거운 줄 아는가

기다리는 봄

계절은 또 다시 봄을 노래하고
영산홍 무리지어 붉게 타는데
마음에 내린 서리 거둘 길 없어
붉은 꽃잎 바라보며 걷고 또 걷는다
녹을 만하면 또 다시 찬바람에 하얀 서리
언제쯤 녹아서 따뜻한 봄이 올까

세월아

바람이 부네 꽃잎이 날리네
서리 내린 머리에도 꽃잎이 올라앉네
고운 꽃을 보면은 마음도 고와지고
이쁜 꽃을 보면은 마음도 이뻐지고

고운 꽃 보는 눈이 이제야 생겼는데
꽃 보며 즐기며 여유롭게 살고픈데
빨리 가자 재촉하며 떠밀지 말라

청춘

파아란 꽃수레에 굴레를 씌우고
눈도 막고 귀도 막고 떠밀고 간다
둥글지도 못한 모난 굴레는
세월의 무게에도 깎이지를 못하고
엇박자로 굴러가며 삐그덕거린다

쓰일 곳도 없는 녹슬은 굴레
세월이 간 만큼 가볍지도 않은 채
노쇠한 수레는 힘이 부쳐도
모난 굴레는 제 탓이 아닌 양
입도 막고 귀도 막고 떠밀고 간다

벗어 버릴 수도 없는 수레가
힘겹게 끌려간다 세월에

갈 때는

세월아 가려거든 너만 홀로 갈 것이지
어쩌자고 싫다는 나를 여기까지 끌고 오나
나이는 육십 넘어 칠십에 왔는데
마음은 돌아서서 오십 줄에 매달렸네

숫자야 세월 따라 포개며 달려도
건강만은 오십 줄에 매달리고 싶어라
누구라 이 세상에 영원히 머물겠나
때가 되어 갈 때까지 건강하게 살다가
좋은 추억 남기고 자는 듯이 가고 싶다

안개 속

큰 강을 사이에 둔 긴 겨울의 그림자
홀로 가는 걸음이 흘낏흘낏 외로워
끝까지 갈 길이면 나란히 가려 해도
모난 돌 깎지 못해 징검다리 될 수 없고
징검다리 되어 줄 추억도 없구나

너와 나

저 멀리 떨어져 갈 수도 없고
가까이 다가갈 마음도 없고
언제나 평행선으로 달리는
철길 같아라

나의 3단 인생서랍

첫째 칸 열어보니
가난한 동네 우물 안에 개구리 살고 있다

둘째 칸 열어보니
뜨거운 사막을 새끼 업고 걸어간다

셋째 칸 열어보니
휴식이란 공간이 덩그러니 비어있다

빠른 세월

세상은 날만 세면 날개 단 듯 달려가고
세월은 나를 잡고 칠십 고개 올려놓네
달려가는 세상을 따라갈 수도 없고
가기 싫은 세월을 뿌리칠 수도 없다

기억

넓은 바다 지켜주던 든든하던 등대
그 아래 옹기종기 편안한 삶 누릴 때
등대의 외로움 알지도 못했었지

비켜 갈 수 없는 세월 등대마저 떠밀리고
깜빡이는 불빛은 세월 따라 잦아지니
뒤늦게 느껴오는 이 아픔을 어이 하리

가슴이 찢어지면 이렇게 아플 건가
진즉에 살피지 못한 이 불효를 어이하리
깜빡이는 자신은 얼마나 힘드실까
아프고 싶어 아픈 사람 이 세상에 있던가요
누구도 이 깜빡임 나무랄 자격 없느니
우리 모두 힘을 모아 예전처럼 불 밝히길
염원하며 기도하고

순간에 행복 모아 하루를 만들고

그 하루를 엮어가며 행복하게 삽시다

본인보다 더 힘든 사람 또 어디 있겠는가

이해하고 보살피며 한세상 같이 살아갑시다

- 큰오빠를 보며 -

외로우면

따뜻한 봄날 되어 날 찾아오시구려
폭탄도 내려두고 으름장도 내려두고

힘들었던 지난 세월 고마운 마음 생기걸랑
따뜻한 봄날 되어 날 만나러 오시구려

메마른 대지 위에 촉촉한 단비 뿌려
한 가닥 빛에라도 꽃을 피워 보리다

벚꽃나무 1

화사한 얼굴로 새 봄을 열더니
푸르름 풍성한 넓은 그늘 되어주고
황혼에 와서도 이렇게 고울 수가
이 몸도 너를 닮아 곱게 살 수 있었다면
이 가을 황혼 길이 쓸쓸하지 않으련만

단풍 Ⅰ

어느새 이렇게 고운 옷을 입었느냐
비칠 듯이 아늘아늘 곱기도 하여라
새 봄을 노래한 것이 엊그제 같은데
빨갛게 노랗게 길까지 덮어가며
황혼의 여유로움 즐기고 있구나

구례 장날

빈 배낭 등에 메고 볼일이나 있는 듯이
일상은 벗어두고 발걸음도 가볍게
언니하고 같이 가는 시골 장 나들이

사람 사는 냄새나는 정겨운 시골 장
여름 내내 땀으로 키워낸 먹거리들
까아만 얼굴에 순박함이 묻어나
딱히 살 건 없어도 여기저기 보는 재미

아낙네들 얼굴에 정겨움이 피어나고
좋은 약초 한 근에도 정이란 덤이 있고
국밥 한 그릇에도 시골장 맛이 난다

아우야 다음에는 니도 같이 가자꾸나
시골장 둘러보는 쏠쏠한 재미가
일상을 잊게 하고 다음을 또 기약한다

어느 영감의 희망사항

어디 이런 사람 없나요
내가 일 없이 불퉁거리고
실없는 말 사방에 하고 돌아다녀도
나한테 간섭도 하지 말고
잔소리도 하지 말구요

내가 잘못된 말을 해도
듣는 사람이 바르게 듣고
틀린 말을 해도
무조건 옳은 말이라 하구요

잘못하는 일을 해도
무조건 잘했다 칭찬해주고
무슨 말이든 내 마음대로
나오는 대로 쏟아내도

아무런 대꾸도 하지 말고
가만히 듣기만 하구요

때맞추어 맛있는 밥상도 차려주고
용돈까지 두둑이 챙겨주고
나에게 관심 가져주고요

뒤틀린 심사라도 살살 웃으며
내 비위 맞춰 줄 수 있는
나는 그런 천사 같은 여자를 찾고 있어요
지금도

칠순 넘은 나이지만 마음만은 아직도
나는야 열 살 사춘기 소년이랍니다

가을 II

겨울을 몰고 오는 찬바람이 야속구나
우수수 떨어지는 단풍잎이 가여워라
빨간 잎도 노란 잎도 찬바람을 막지 못해
떨고 있는 나뭇잎이 힘에 겨워 보이는구나

남은 잎 다 떨구면 앙상한 뼈마디로
세찬 바람 불어오는 한겨울을 어찌 날까
감싸줄 잎도 없이 외로워서 어찌 날까

황혼의 길목에서

병실

내 마음의 나이는 아직도 오십인데

맞은편 침대의 할머니가

나보고 형님이란다

아~ 슬퍼라 서.글.퍼.라

어느새 내 얼굴이 그렇게도 늙었는가

가는 세월 모르고 마음만 젊었었네

거울을 보면서도 마음만 보이는

주책없는 늙은이가 바로 나였네

몸과 마음

겨울이 지났다고 마음은 가벼운데
무릎은 아직도 돌을 한 짐 매단 거 같고

파릇파릇 새싹 나면 쑥 캐러도 가고 싶고
하얗게 벚꽃 피면 꽃구경도 가고 싶고
울긋불긋 열차타고 장 구경도 가고 싶다

무거운 내 다리는 천근만근 세고 있고
마음 따로 몸 따로 아직도 따로 논다

황혼의 길목에서

모난 돌

어깨 위에 올라앉은 비뚤어진 돌
좁은 어깨 편치 않다 불평이 많더니
객기가 뻗쳐서 제 김에 떨어졌네
떨어진 돌이 가엾긴 하지만
가벼워진 어깨는 한결 편안해

우리 엄마

저 하늘 어느 곳에 우리 엄마 계실까
울 아버지 만나서 반가워 했을까
45년 긴 세월이 어색하진 않았을까
험한 길 혼자함에 장한 상 받았을까

엄마 향기 행여 날까 납골당에 다 모였다
내려다보는 우리 부모 좋아라 하시겠지
자식들 한자리서 다 볼 수 있다고
함빡 웃음 웃으실 때 우리도 같이 웃자

부모님 남기고 간 마지막 선물
곱게 모셔 좋은 곳에 묻어 놓고서

자주 만나 서로 건강 챙겨줘 가며

좋은 곳 있다면 어디라도 가 보고

맛난 거 있으면 먹어도 보고

삼천리를 유람한들 막을 사람 없으니

한세상 있는 복 아낌없이 다 누리며

오래도록 건강하게 살아갑시다

홀로 가는 길

가득한 안개 속

그 곳에 가면 행복이 있을까

허리띠 졸라매가며

굽이굽이 힘겹게 찾아온 길이

반평생이 지나도록 멀기만 한데

번개와 천둥소리 앞길을 막네

지나온 길 아까워 돌아서지 못한 채

앞만 보며 내딛는 걸음걸음에

갈까 말까 망설이는 미련함이여

황혼의 길목에서

말라버린 마음에 건조해진 삶

잃어버린 세월에 허망한 인생

여유롭게 유람하는 상상 속에 황혼

실낱같은 희망에 어리석은 꿈

가늘고 질긴 마음의 이 끈을

이제는 다 놓아 버리리라

다른 길에서

평화와 행복을 찾아가리

내 동생

친구하며 살자고 가까이 불렀더니
아직도 돈을 쫓아 일터로 가는구나
제 아무리 큰 부자도 건강 없인 못 사는데
어느 때나 깨닫고 건강 찾아 정착할꼬
돈 찾느라 구부린 허리 한 번 펴 보거라
머리에 내린 서리 세월 간 걸 말하는데
마음은 청춘이라 건강은 뒤에 두고
오늘도 종종걸음 돈을 찾아 나선다

황혼의 길목에서

편안함

맞지도 않은 신을 신고
멀리도 걸어 왔네

찢기고 상처 나고 아프면서도
벗으면 못 걸을까 맨발이면 더 아플까

겁도 많고 걱정도 많아
생각도 못해보고
좁고도 험한 길을 한 세월을 걸었네

이제서야 벗고 나니
이렇게 편할 수가

맨발이면 어떠랴 흉 되면 어떠랴
그냥 편한 게 좋은 것을

잠 안 오는 밤

잠이여
그대를 청하려고 눈을 감고 누웠는데
어딜 가고 안 오시나
이리 뒤척 저리 뒤척 하나 둘 열을 세고
백까지 세어도 올 생각이 없으신가

창 밑을 내다보니 가로등은 대낮 같고
지나가는 사람 없이 자동차만 띄엄띄엄
또 다시 누워본다 이 밤이 새기 전에

한가한 봄날

철없던 시절
아련한 추억 속에 그 사람을
이제 새삼 만난다면 무슨 말이 나올까
흘러간 세월 속에 잃어버린 모습을
어디에서 찾아볼까 얼굴일까 마음일까
긴 세월 보낸 만큼 궁금함도 많을진대
반가운 마음은 할 말을 잊을 듯
말없이 바라보는 두 눈빛 속에
수많은 말들이 읽혀질까 서로가

벚꽃나무 ll

운동하는 길가에 늘어선 나무들
몽올몽올 꽃몽오리 가지마다 가득 달고
봄볕 나면 틔우자고 입 모으고 있는데
성미 급한 나무 하나, 참지를 못하고
가로등 불빛에서 벌써 팝콘 튀긴다
아직은 날씨가 꽃 피우긴 추운데

황혼의 길목에서

꽃샘추위

창 밖에 햇살은 따뜻한 봄날인데
문 열고 나오니 겨울이 낼름 한다
매화는 봄이라 하얗게 웃는데
봄 처녀 오다 말고 샛잠을 즐기시나

사진전

그림도 모르는 내가
조카의 사진전에 초대를 받았다
흑백으로 진열된 사진 속엔
화려함도 멋스러움도 없는

나의 눈 속엔
외로움과 쓸쓸함이 묻어있는 저녁노을 같아서
짠~한 마음이 따른다 얼마나 힘들었을까
맑은 물 같은 우리 조카
밝은 아침 햇살 받으며 튼튼한 나무되어
푸르른 나래를 마음껏 펼치고
그 광채가 우리에게까지 비춰오기를 바라며
돌아오는 길 마음에 풍선을 달고 또 달았다

여행

호리낭창 가는 허리 간들간들 웃는 얼굴

길가에 선 코스모스 가을을 불러왔네

더위에 지친 몸 쉬어가라 손짓한다

햇살이 얇아지니 발걸음도 가볍다며

늘어진 몸 일으키고 등 떠밀고 부추긴다

어디로 가 볼까나 누구랑 가 볼꺼나

어디 가서 배낭 가득 가을을 담아볼까

단풍 II

하늘의 아기별님 가을소풍 오시었나

사뿐사뿐 내려앉은 별꽃 같은 단풍잎

달빛에도 불빛에도 반짝반짝 예뻐라

밟고 가기 아까워라 운동가기 미안해라

황혼의 길목에서

현대인의 병

자고 나니 휴대폰이 먹통이 되었다

전화 올 곳도 없는데 왠지 불안하다

어디선가 반가운 소식이 못 올 것만 같아서

특별한 일도 없는데 시간도 없다

휴대폰 없었을 땐 어떻게 살았을까

뭔가 잊어버린 것 같은 마음은

온종일 서성거린다

청춘아

나는 너를 못 잊는데 너는 나를 잊었는가
돌고 도는 쳇바퀴에 매달린 지 몇십 년
떨어지면 죽을세라 안간힘을 버티었네
팽팽 도는 세상 속에 쉬임 없는 세월 속에
청춘 찾아 떨어지니 여기가 어디인가
청춘은 어디 가고 허무만 남았는가

낙엽 1

가을을 알리는 단풍잎이 고와라
울긋불긋 고운 옷에 한껏 뽐내고
있는 손 다 펴고 가을 햇살 받더니
쌀쌀한 밤바람에 낙엽 이불 덮었네

운동하는 길가에 융단을 깔아놓고
바스락 바스락 발 밑에서 속삭인다
머지않아 겨울이 찾아올 거라고
슬픈 일 속상한 일 나와 같이 묻으라고
겨울이 하얗게 묻어 줄 거라고

공원

고와라 아까워라 단풍잎이 떨어진다
오색향연 펼치던 가을무대 끝나는가
솔솔 부는 작은 바람 한 잎 두 잎 날아가고
밤바람 차가워라 후두두둑 떨어진다

소복이 쌓인 낙엽 개구쟁이 일깨우고
한아름 안아 쥐고 휘리릭 날려보고
소녀 마음 한 잎 두 잎 책갈피에 끼워보고
바싹바싹 밟아보고 발로 차서 날려보고

엉성해진 나무는 쓸쓸하고 외로워도
아래 있는 마음은 동심으로 돌아간다

12월

푸근한 날씨가 봄인 줄 알았나 봐
개나리 형제가 철없이 피어났네
영산홍도 철쭉도 하나씩 끼어든다
겨울도 오기 전에 새 봄을 기다리나
철도 없이 핀 꽃이 누구를 기다리나

성장 클리닉

어둠이 내려오는 거리로
붉은 꼬리를 물고 가는 저 검은 물체들
그 틈 속에 오늘도 내 딸은 딸을 싣고
마음을 동동거린다
행여 병원 문 닫힐까 봐
오직 일센치의 키라도 더 키우겠다는
일념 하나로 퇴근 시간 바쁘게
고픈 배는 등에 붙이고 꼬르륵 소리도
외면한 채 장유에서 부산으로
정신없이 바쁜 마음은 달리고
또 달려간다

자식 하나 키우기가 이렇게도 힘든 건가

예전에는 모르고 지났음직한데

아는 게 병이 된 건지

조숙증이라니 처음 들어보는 이 말에

속수무책 있을 수만 없어

어제도 오늘도 또 내일도

동동거리며 바쁜 시간을 쪼갠다

얼른 얼른 크거라 쑥쑥 크거라

도움이 될 수도, 도와줄 수도 없이

지켜볼 수밖에 없는 마음은 옆에서 애만 태운다

딸을 보며 손녀를 보며

안타깝고 안쓰러운 이 마음을

어떻게 말로 다 하리

안경 없는 거울

거울을 보면

어떤 날은 까아만 내 얼굴에 내가 실망을 하고

보지 말고 살아야지 돌아서 버리고

어떤 날은 하아얀 내 얼굴에 내가 반해서

요리조리 살펴보고 바람도 넣어보고

미소도 지어보고 토닥토닥 두드려도 보고

깨끗한 피부에 잡티도 안 보이고

흐뭇해지는 마음이

오늘은 거울이 고와 보인다

새로운 봄 1

아팠던 한 해가 가고 추웠던 겨울도 가고
새로운 봄이 오는 건가
아직 외투도 벗지 못했는데
매화는 하얗게 웃으며 새 봄맞이 준비가 한창이다
하얀 벚꽃이 봄의 문턱을 넘으면
꽃과 같이 화~안하게 웃으며 살리라

운동하는 발걸음이 벌써
괜스레 들뜨는 것 같은 이 기분은 뭐지
늙어가는 변덕인가

새 봄

봄이 왔던 곳에 가을이 오듯이
겨울이 있는 곳에 봄도 찾아오겠지요
새 봄이 오면은 연초록 융단 위에
이쁘고 고운 꽃도 피어나겠지요
꿈과 사랑을 담은 아름다운 꽃으로

황혼의 길목에서

꽃 한 송이

메마른 땅위에 피어난 꽃 한 송이
땀으로 노력으로 이쁘게 피워냈네
벌 나비 노래하며 즐거워라 행복할 때
먹구름 몰려와 나비는 가버리고
소나기 쏟아지니 언제쯤 비 그칠까
하늘을 원망하며 꽃밭을 다독이며
구름이 지나가길 기다리는 꽃 한 송이

엄마의 기도

말라가는 꽃밭에 단비를 주소서
따뜻한 봄날을 선물해 주시고
뜨거운 여름은 그늘도 주시고
추운 겨울엔 감싸 안아 주소서
외롭고 쓸쓸할 땐 두 손 잡아 주시고
답답하고 속상한 날 털어놓게 하시고
언제나 네 편이다 위로해 주소서

어디론가 훌쩍 떠나고 싶을 땐
반가운 마음으로 동행해 주시고
마음이 추운 날 따뜻한 차 한 잔에
마음 녹여 주시고 따뜻하고 선한
눈빛으로 지켜봐 주소서

천사보다 더 착하고 아름다운 나의 꽃

멀지 않은 곳에 따뜻한 봄날이 있어

다시 한 번 활짝 웃는 꽃으로 피어나게 하소서

간절한 이 소망 이뤄지게 하소서

- 나의 보물, 딸에게 -

일요일

엄마가 가는 곳이면 어디라도 따라가던
엄마의 쫄쫄이던 우리 손녀가
어느새 컸다고 사춘기가 됐다고
엄마는 뒷전이고 친구가 더 좋아
오늘도 친구들과 하하 호호 신났다
덕분에 이 할미가 호강을 한다
니 엄마랑 둘이서 외식하러 간다

우리 중딩 손녀

다이어트 한다고 밥도 잘 굶고
친구들 만나면 군것질도 잘하고
야식엔 라면이 최고라는 유혹도 잘 참고

고기반찬 있을 땐 먹으면서 빼야 되고
반찬이 없을 땐 고구마 다이어트
외식을 할 때는 내일부터 다이어트

수시로 바뀌는 다이어트 작전
실패하면 본전이라 또 다시 시작하고

내일은

무겁고 추운 겨울을 밀어내고

기쁨을 안고 희망을 노래하는 봄이 왔으면

넓고 풍성한 그늘로 뜨거운 햇볕도 가려주고

고운 단풍 밟으며 행복을 노래하며

어디선가 올 것 같은 봄을 기다리며

찾고 있는 누군가의 봄이었음 좋겠네

- 사랑하는 딸에게 -

설날

오랜만에 만나는 조카들과 가족들
대청마루 넓은 한옥관 안채 빌려
새해에 복을 비는 윷판을 벌였네

조카들과 손자들의 즐거움이 와자지껄
하하 하하 웃음소리 지붕이 들썩들썩
모야 윷이야 한바탕 웃음소리

매일매일 하루가 오늘만 같아라
좋은 일만 많아라 즐거운 일만 많아라
서로에게 복을 주며 윷놀이 웃음판
손에는 하나 가득 선물상자 들려있네

가녀린 고목

말 한마디에 천당과 지옥을 헤매며
사소한 작은 바람에도 허리가 꺾이는
힘없는 고목의 애처로운 삶

따뜻한 한마디에 새살이 돋고
하나 있는 가지가 바람에 흔들릴까
작은 바람에도 한없이 움츠리는
가녀린 고목에 버팀목도 없어

위태롭고 불안해도 굳건히 버텨주길
안타깝게 지켜보며 격려하는 마음들
남은 생 봄볕 안고 함께하길 바라기에

새로운 봄 II

사랑하는 새들아 자유로이 날아라
새장에 갇히지 않고 발목도 잡히지 않고
가벼운 마음으로 날갯짓하며
자유로이 날으는 모습이 보기 좋구나

어떻게 살까 걱정 말자

사는 게 별거 있나 그냥 살면 사는 거지
맑은 날이 있으면 궂은 날도 있는 거고
겨울이 지나가면 봄도 다시 오는 거고
돌고 도는 세상사 내 복대로 사는 거지

새 봄이 찾아오면 꽃도 다시 필 것이고
더 곱고 더 이쁘게 더 아름답게 피는 거지
마음에 행복 찾아 즐겁게 살면 되지

마음의 봄

따뜻한 봄 온다고 울긋불긋 가벼워
꽃구경 사람구경 나들이도 가보고
파랗게 물들이는 산도 찾아 가보고
내 봄은 어디에서 길을 잃고 해매일까
올지도 안 올지도 모르는 봄을 찾아서
여기저기 기웃대는 늙은이의 봄
마지막 휴게소가 할 일 없이 바쁘다

봄만 되면

봄만 되면 뭔가 심고 싶다

꽃도 심고 나무도 심고

화분이 아닌 꽃밭에 심고 싶다

심을 곳도 없는데 꽃집 앞을 지나면

사고 싶은 꽃도 많고 심고 싶은 나무도 많다

봄만 되면 오는 병인가 꽃집 앞을 서성인다

이것도 잘 크겠고 저것도 잘 크겠고

눈으로 심고 마음으로 키운다

봄비 촉촉하게 맞으며 얼마나 예쁘게 잘 클까

파릇파릇 쏙쏙 크는 게 보고 싶다

어디 나 같은 친구 하나 있으면

산골에 가서 살고 싶다

나의 꽃

검은 구름은 바람이 몰고 갔습니다
쏟아지는 비는 태양이 거두었습니다
맑은 빛 쏟아지는 화창한 봄날
사랑스런 나의 꽃은 다시 피어날 겁니다
누구도 따라올 수 없는 아름다움이
밝은 미소로 따뜻한 봄날을 맞이할 겁니다

- 딸을 지켜보며 -

바람 1

봄이면 꽃바람에 고운 님 오시려나
여름이면 산바람에 시원한 님 오시려나
가을이면 단풍입고 그윽하게 오시려나
겨울이면 하얗게 살포시 오시겠지
꿈결에 바람결에 님의 소식 기다리네

인생길

힘든 짐 가득 싣고 인생길 달렸더니

자동차는 고물 되고 바퀴는 너덜너덜

많은 짐 무거운 짐 남김없이 다 비우고

꿰매고 고쳐가며 평탄대로 찾아서

처음처럼 새 것처럼 새 마음으로 가려네

반백년의 세월

푸르던 봄날 설익은 풋사과처럼

싱그러운 시절도 있었건만

세월이 흐르고 또 흘러

농익은 사과는 떨어질 일만 남았고

패기 넘치던 젊은 청춘도

흐르는 세월을 막지 못했구려

야속한 세월 애닳다 어이 하리

돌아갈 수 없는 젊은 날의 추억을

짧은 만남

공원 길 걸어가며 서로를 바라보며
오십 년 세월을 말로 다 하지 못해
눈으로 말하고 두 손으로 느끼며
자신은 불편해도 보호해 주려는 그 마음이
너무나 고맙고 안타까워 가슴이 메인다

받아보지 못했던 따뜻한 눈길 다정한 말이
나란히 걸어가며 행복해지는 산책길
바보 같았던 젊은 날을 서로가 후회하며
각자의 길로 가야 하는 짧은 시간
등 뒤로 비치는 황혼 빛이 서럽다

바람 II

지나가는 바람이 어깨를 건드리면

마음 한 잎 따다가 바람에 날리고

낙엽에 마음 실어 강물에 띄우면

흘러가는 강물 따라 사랑도 흘러가고

바람에 몸 맡기며 세월도 흘러가리

이 생에서 못한 사랑 다음 생에 넘기고

가을 Ⅲ

울긋불긋 단풍잎이 곱게도 빛나는 날
오늘같이 좋은 날 마음 나눌 벗이 있어
아름다운 이 길을 나란히 걸어가면
꿈길에 꽃길 가듯 행복한 길이리라

단풍 Ⅲ

누구를 기다리며 수줍어 붉히는가
고운 얼굴 고운 마음 붉게 붉게 태우는가
임이여 아시는가 붉게 타는 그 마음을
수많은 사람들이 웃으며 즐겨 가도
남들은 모르시리 붉게 타는 그 마음을

가을 IV

곱게 물들이는 단풍잎에 설레어
혼자 보기 아까운 아름다운 이 길을
누가 있어 이 길에 동행이 되어줄까
맑은 눈 고운 마음 어디에서 찾아볼까
누구와 나란히 이 가을을 만끽할까

늙음의 반항

머리로 하는 생각은 가던 길로 가자고
때늦은 후회라고 미련을 버리라고
하루에도 열두 번 꽁꽁 묶어 감추는데
늙어서도 철이 없어
어느 틈에 빠져 나온 그리움 하나

5년 10년 남은 세월 얼마라고
남의 눈이 대수냐고
살면서 못 해본 거 마음껏 해보라고
씹을 수 있을 때 잘 먹고
볼 수 있을 때 많이 보고
걸을 수 있을 때 많이 다니고
줄 수 있을 때 아끼지 말라고
내일도 모르고 사는 세상
내 멋대로 살라고 마음은 부추긴다
늙음의 반항으로

생각을 따르자니 마음이 울고

마음을 따르자니 생각이 잡는다

가을은 가는데

단풍은 절정이라 구경 오라 손짓하고

짧게 남은 세월은 친구도 보며 살라는데

앗차 순간 접질러진 내 발목은

6주라는 시간을 잡아 버렸네

- 다리 삐끗 깁스한 날 -

황혼의 길목에서

빛 바랜 그림

그 옛날 내가 좋아하던 그림 하나
밑바닥에 깔아놓고 잊어버린 채
추우면 추운 대로 더우면 더운 대로
계절에 맞춰가며 열심히 살았지
변함없는 계절에 세월은 흘러가고
백발이 되어서야 떠오른 그 그림

선명하지 못한 빛 바랜 그림으로
다시 한 번 그리기엔 때늦은 오후
그 옛날 좋아했던 그림으로 마음에 담는다
담을 수 있는 마음이 있어 행복한 오후다

날아온 편지

노오란 종이 위에 담겨온 마음
너무나 반가운 빛이었기에
메마른 가지에 단물을 올리고
추운 겨울날에 꽃을 피운다오

답장

그 옛날 핑크빛 날개로 다가온 사람
지척에 두고도 잡을 수 없는
눈부시게 아름다운 빛이었다오
강렬한 그 빛은 눈을 멀게 하고
앞날을 못 보는 철부지였다오

알 수 없는 사연에 놓아버린 끈
철부지 숙맥들의 어설픈 사랑
힘든 나날에 긴 세월을 돌아
새로운 빛으로 날아온 그대
고운 마음으로 소중히 받아
오래도록 가슴에 간직하리다

병원 가는 날

기다리고 있다는 말에 서둘러 나왔네
불편한 내 발목은 택시를 타고
병원에 도착하니 도어맨을 자처하며
업어줄까 안아줄까 어쩔 줄 몰라 하고
또 다칠라 더 아플라 근심 어린 그 눈은
어디서도 본 적 없는 따뜻한 눈이었네
고마운 마음은 두 손을 잡고
서로의 보호자가 되어 내과로 외과로
남의 눈도 잊은 채 웃으면서 다녔네

일요일 점심

대충 한 끼 때우려는 게으른 할머니
효심 깊은 손녀가 착한 우리 손녀가
할머니를 위해 만찬을 준비한단다
음식 만드는 소리에 배가 고파지고
맛있는 냄새에 군침이 돈다

누구를 닮았는지 솜씨도 좋아
고기 볶고 전 부치고 한상을 차렸네
오늘은 손녀 덕에 호사를 한다
맛있게 배부르게 잘 먹었네
고마워 우리 손녀 예쁜 내 손녀

봄바람 Ⅰ

추운 겨울날 때 아닌 봄바람 불어와

훈훈한 바람에 따뜻함을 느끼고

철없는 꽃이 살며시 피어났네

계절도 모른 채 바람 따라 핀 꽃

겨울잠 청하려 옷깃을 여미고

맴도는 봄바람 옷깃을 잡고

마음

쏟아지는 비를 맞고
젖지 않을 수 있으랴
우산도 없이
이미 젖어버린 마음에
비옷을 입히고
속으로 속-으-로
마르길 바랜다
아직도 비는 내리는데

담장

낙엽 떨어지는 가을
담장 안을 굽어오는 힘없는 저 나무
따뜻하게 감싸 줄 수도
마음대로 다듬어 줄 수도 없는
담장 밖에 뿌리내린 낯익은 나무
뿌리 있는 곳으로 등 세워 일으키며
쓰러지지 말라고 건강하게 살라고
다독이는 손등에 안타까운 눈물

한낮의 꿈

낮잠을 자면서 꿈속을 헤맨다
멀리 어디인가 아지랑이 따라간 곳
그리운 벗이 있어 반갑게 맞아주고
손잡고 가는 길은 꽃이 만발하였네

귀하게 여기는 마음 여왕이 된 듯하여
이것저것 챙겨주며 격려도 해 주었네
무슨 말 했었는지 웃으며 행복하여
입가에 미소가 생시인 듯 흐를 때
어디선가 들려오는 전화벨 소리

한참 만에 깨어나니
서울에서 걸려온 쓸데없는 전화였네
이런~ 나쁜 통신 남의 단꿈을~
아쉽고 허전한 마음 여운이 남아
다시 또 누워본다 지그시 눈을 감고

달빛

밤하늘 저 달에다 내 마음 달아둘까
빛나는 저 별에다 그대 마음 달아둘까
가는 길 어두울 때 마음 따라 가라고
넘어지지 말라고 길 잃지 말라고
멀리서 지켜보며 서로에게 빛을 주며

인생의 봄

계절 따라 오는 봄은 겨울 가면 또 오건만
인생에 오는 봄은 한 번 가면 못 오는가
나는 언제 살아오며 봄인 적이 있었던가
가기 싫은 나를 안고 세월이 흘러가네
나는 왜 한 번도 봄을 안고 못 살았나

석양

보지 말고 살아요
늙어가는 모습을
예전에 젊었을 적
그 모습만 기억해요

마음만 보아요
어떤 마음 숨었는지
곱게 보면 고운 마음
밉게 보면 미운 마음

다칠세라 깨질세라
유리알 보석처럼
귀하게 소중하게
마음에만 간직해요

석양에 아른거리는

잡을 수 없는

그 빛이 어쩌면

행복일지도 몰라요

후회

그대는 어이하여 내 손을 못 잡았나
나는 왜 어쩌다가 그대 손을 놓았던가
후회하고 후회해도 다시 갈 수 없는 길을
둘이 서로 복을 차고 어디로 헤매었나

오십 년 세월 속에 행복을 보았던가
황혼에 들어오니 남은 건 서러움뿐
내 설움 네 설움을 어디에다 풀어보나

못 다한 사랑

이 세상에 너만 한 나무 찾지를 못했는데
너는 어찌 그곳에서 바라만 보는 건가
종이 한 장 같은 생이 그리도 멀고 먼가
마음 창문 열어놓고 너만 보길 바라는가
따뜻한 나무 보거들랑 이쪽으로 인도하게
못 다한 사랑까지 넘겨주면 고맙겠네

원망의 화살

피기도 전에 꺾어다 버린 죄
어떤 곳인지도 모르고
쉽게 내다버린 죄

누구에게 물을까
눈 앞에서 치워버리면
그것으로 끝이었나

피고 싶어 우는 꽃을
한 번쯤은 헤아려 도와주지
철이 없어 못핀 꽃을
조금만 기다려 주지
무엇이 그리도 급하여서
치울 생각만 하였나요

철이 없어 말 못하고
끌려간 인생
서럽고 억울해도
다시 올 수 없는 길을

찢어지는 가슴 안고
피눈물로 보낸 세월
서러운 생, 원망의 화살
수도 없이 날렸건만
표적 잃은 화살은
돌고 돌아 내 가슴에

내 인생

이 생에서 한 번쯤은 사랑이란 걸 해보고

이 생에서 한 번쯤은 사랑하며 살고 싶고

이 생에서 한 번쯤은 사랑받고 살고 싶다

가지고 싶은

철없을 때 아름답던 꽃이
늙어서도 또 다시 아름답다
철없을 때 못 꺾은 꽃이
늙어서도 꺾을 수가 없구나

봄바람 II

추위를 못 이겨 움츠리는 나무에
봄바람 찾아와 나뭇가지 흔들고
애절한 노래는 마음까지 흔들고
애틋한 눈빛은 정신마저 흔들어

황혼의 길목에서

안타까움

너는 왜 거기서 나만 보고 섰는가
나는 왜 여기서 너만 보고 섰는가
건너지도 못할 강을 사이에 두고
마주보며 서있는 안타까운 마음아

고운 사랑

내가 그대에게 주는 이 마음은
이 생에서 한 번뿐인 고운 사랑이라오
그대가 나에게 주는 그 마음 또한
나와 같다는 그 말 나는 믿어요
우리 누구도 아프지 말고 다치지 말고
서로에게 힘이 되는 소중한 사랑을
행복한 마음속에 간직하고 살아요

황혼의 속삭임

밤새 안녕하냐고 밥은 잘 먹었냐고
전화기로 들려오는 정이 담긴 목소리
옆에서 따뜻하게 손을 잡은 듯
서로의 불편함을 쓰다듬어주고
아픈 마음 있으면 서로 보듬으며
지난날을 후회하며 같이 아파하고
오늘을 얘기하며 같이 웃기도 하고
미안해- 고마워- 사랑해-
젊었을 때 못 해본 말 이제야 하는
전화에서 흘러오는 황혼의 속삭임

메아리

멀리서 불어오는 훈훈한 바람은
쓰러져가는 고목에 움을 틔우고
남몰래 조금씩 싹을 키우며
언젠가는 잎도 피고 꽃도 필 거라고
희망을 노래하는 고운 목소리
차가운 세상 앞에 떨리는 소리
꿈속에서 들려오는 아련한 메아리

거미줄

한때는 멋진 날개
빛나던 청춘이
어쩌다 날개 잃고
거미줄에 갇혔는가

나오려 애를 써도
풀어지지 않는 줄을
작아지는 목소리로
구원의 눈길 보내건만

잡아줄 수 없는 거리
안타까운 마음만이
바라보며 애태우고
생각하며 애태우고

꿈

그대와 나 둘이서 꿈을 꾸며 살아가요
마음끼리 손잡고 같은 꿈을 꾸면서
남들은 몰라요 우리만이 아는 꿈
허황된 꿈이라도 순간만은 즐거운 거죠

마음으로 잡은 손 기분 좋은 하루를
오늘의 행복함을 내일도 또 내일도
남은 생은 짧아요 놓치지 말아요
행복한 마음으로 잡은 두 손을

짧은 인생

젊음에 있을 때는

긴 세월로 보였는데

늙음에 와서 보니

긴 세월이 아니었네

욕심

봄 소풍 나오면 예쁜 꽃이 있어요
바라볼 수 있다는 건 행복한 거죠
가져가고 싶은 마음은 욕심이에요
언제나 그 자리에 있어 달라고
꽃 보며 하는 말은 아름다운 거죠

뿌리 있는 나무

봄바람에 쓰러지는 힘없는 나무들
쓰러진 채로 엉킨 채로 잎을 키우다
바람이 지나가면 정신을 차리고
다시 제자리로 뿌리 있는 곳으로
서서히 일어나 곧게 자라나리라

봄비

피울 수 없는 꽃이라
봄비를 피하는데
흐르는 봄비는
창문을 두드리고

향기

닿을 수 없는 저 곳에
아름다운 꽃이
어찌하여 향기를
여기까지 보내는가
잡을 수 없기에
더욱 아름다워 보이는가

그 곳에

숲이 울창하고
아름다운 꽃이 있고
새들이 노래하는
평화로운 그 곳에
꿈인 듯 향기인 듯
설레는 가슴으로
한 번쯤은 생각 없이
안기고 싶어라

고장 난 수도꼭지

쓸쓸한 공원에 낡은 식수대 하나
찾는 이 없어 외로워서 울다가
가까이 다가오면 무서워서 울고
멀리 있으면 가버릴까 봐 또 울고

따뜻한 곳 따라 가고 싶어 울고
갈 수도 없어 서러워서 또 울고

이러지도 저러지도 못하고
가진 거라곤 물 밖에 없어
그저 하염없이 눈물만 흘린다

황혼의 길목에 서면

권위 있는 남편이 필요한 것도 아니요
일 잘하는 머슴이 필요한 것도 아니다
오로지 서로의 말에 관심 기울이며
같이 맞장구쳐 가며 하하 호호 웃으며
가볍게 나란히 걸어갈 수 있는
마음 편한 친구가 필요할 뿐이다

언제나 그런 친구를 만나
도란도란 애기꽃 피우며 다정하게 손잡고
황혼으로 가는 이 길을
후회 없이 멋지게 걸어갈 수 있으려나

며칠 밤

어제 밤 일찍 잠이 들었는지
실컷 자고 일어나니 밤 12시
화장실 갔다 또 자고 나니 새벽 2시
다시 또 자고 나면 3시
자고 또 자고
밤이 이렇게도 길었던가

젊었을 땐 그렇게도 짧던 밤이
늙으면 밤이 길어지는 건가
하루 밤 지나면서
며칠 밤을 잔다

애달픈 사랑

갑돌이와 갑순이의 어설픈 사랑은
이별을 불러와 엇갈린 운명으로

긴 세월을 돌고 돌아 반백년이 흐르고
어느 날 마주친 할아버지 할머니로

오십년 세월 속에 흐려진 건강
넘을 수 없는 장벽에 안타까운 눈길만이

서로를 바라보며 마음만 오고가고
이룰 수 없는 사랑의 노래는
밤하늘에 묻혀가는 별빛이런가

때 늦은 봄

내 봄은 이제서야
눈을 뜨고 오려는데

70대에 실은 몸은
세월이 더 빠르고

한 번쯤은 봄을 맞아
후회없이 살고픈데

달려가는 세월을
잡을 수가 없구나

달리기만 하는데

꽃들이 피어나고 새들이 노래하는
아름다운 이 세상엔 봄이 오건만

내 봄은 어디 가고 청춘은 또 어디 갔나
어디에서 잃었는지 찾을 길이 없어라

쉬어갈 줄 모르는 인생열차는
종착역을 향해 달리기만 하는데

너와 나의 3년

늙어가는 내 3년은
빨리도 가는데
공부하는 네 3년은
왜 이리 더디냐

- 중학생 손녀를 보며 -

설레임

종이에다 풀며 사는
두서없는 마음을
배움도 없는 글이
겁도 없이 나가려고
밖을 내다보는데

허공에 매달린
부끄러운 마음은
숨을 곳을 못 찾고
떨면서도 설레인다